ある朝、あなた宛に本が届きました。
差出人はなんと、おひさまです！

One morning, a book reached you.
It's from OHISAMA!

おひさまから届いた歌
This is Ohisama's song

Mana Teraishi

笑いあい
laughing together

xx

愛しあい

loving each other

いつまでも、いっしょがいいね

happiness is staying together...always

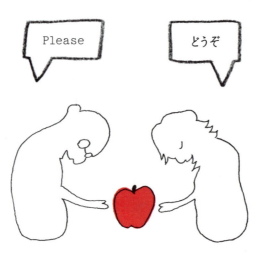

ゆずりあい

giving whatever to each other

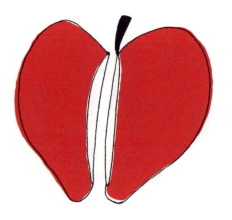

分かちあい

sharing among each other

許しあい

forgiving each other

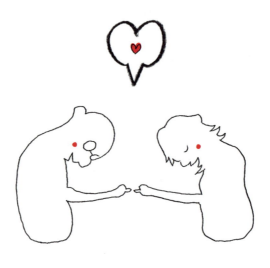

感じあい

feelings shared by each other

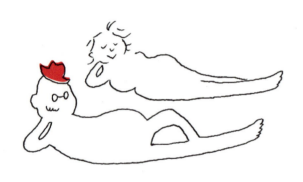

寝っころがろうよ

Let's lie down and relax.

いのりあい

praying together

つくりあい
making things together

丸くなって

Let's be the way we are.

つながろうよ！

Let's get together!

やさしいきもち
sweet and caring hearts

育みあい

caring for each other ever more

ドアを開けたら

when the door opens...

抱きあい

hugging each other

いたわりあい

caring for each other

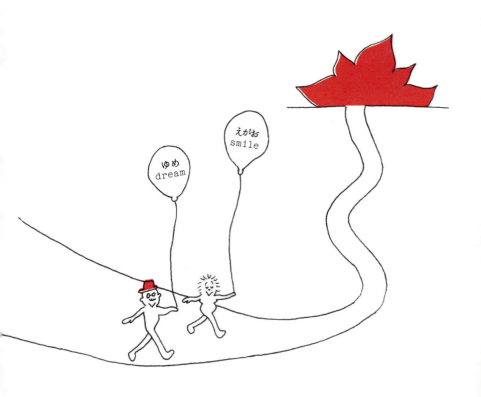

歩こうよ、明るい方へ！
Let's take a walk on the bright side!

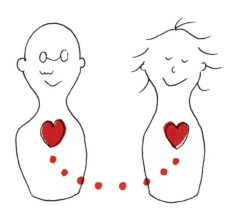

心の中から はじまるよ

It begins in your heart.

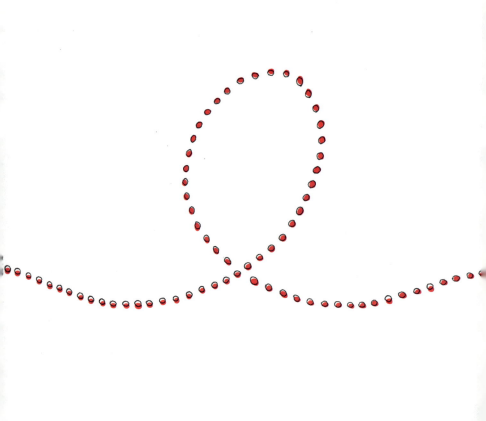

い〜い香り

Wow! What a nice smell!

そう、愛は力！

Yes, right. Love is the power!

だいじょうぶ、だいじょうぶ
Everything will be alright.

ゆっくりでなら
even if it takes a long time

だいじょうぶ

It's all right.

ムリもだいじょうぶになるよ！

You can enable an impossible thing!

また、寝っころがろうよ

Let's lie down together again and relax...

謝謝 ありがとうありますAsante
Thugs rje che
natondi yo botondi わりぃねぇ tlazohcamati
Agradiseyki شكرا Feleminderit いかったい
zikomo おぎぃ Takk THANK YOU Ira
धन्यवाद どうも ขอขอบคุณ Craz
O:kun neur tas Mult
ありがとぐゎした Tak הTODA Ca
Trugarez Singila に
Hatar nuwun ありがとや Kia ora
stuutiyi
Dhanyabaad
どうもね blakMat Aguyje あんがとう
Go raibh maith agat Pezonki شكر Gr
Diolch
Dzieki ᏩᏙ Aciu
Баярлалаа
Дзякуй Gracies Tack շնորհակալ
Teşekkürler Спасибо Pald
Sulpayki ありがとさん Vdaka
あいがとしゃげもした Faafetair
aki-thorubi-arabii だんだん Gratzias
おしょ～し～ Aabhar
Paxmet かんな Grazzi
だいてやっちゃ
あいがとごいてす

nöm dankie Nde awu イヤイライケレ
ewol Благодаря Gracias
Ahe'hee Murakose
との Děkuji Qujannamik Dhanyabad
Mahalo たんでぃが〜たんでぃ
ぶじょーほーだんし Chezu tin ba-de Malo aupito
Terima kasin Vinaka Храна ちぃがと Hvala
esc あんと〜 Mési teşekkür
on しょうじょう nouari
でーびる Obrigado u rə אֲנִי תּוֹדָה
спасибо matiox 고마워요 Merci
la tho-ci
ankt Diusninchis kutichipus unki
ιe Kiitos おおきん Dankeschoen
شكرا Gangans ありやと Tashakkor
ধন্যবাদ dank u Lorem Diky
Na gode
S Misaotra betsaka おかたしけ გმადლობთ Salamat
ありがとう あいとうですわ ぁ Eskerrik asko
iät Dankon Shukrani
っきに Xápn gadda ge ありがっきまありょうた
va kwai Mvto dhanyavAdaHte

宇宙には星がたくさんあって、みんなで1つ。
ほんとうさ、みんなは1つ。

Like the stars, we are one with the universe.

あなたもわたしも、星々も小石も草木も、
みんな、ちいさなキラメキで できてるんだ！

You and me, the flowers and trees,
the stones and the stars
we all shine brightly!

そして、あなたは「今」地球にいるね。
その「今」は奇跡だってこと、知ってるかい？

Isn't it a miracle that we are on Earth
together right now?

OKAGESAMA is an expression to thank
people and everything else for their help
and blessing. It is a greeting word in Japan.

何十億年もの旅をして、私たちは「今」出逢ってるよ。
いのちをつなげてくれた、誰かの、何かの、おかげでね！

In the billions of years the Earth has existed,
we are alive at the same time.
Let's appreciate our time here by being kind!

あなたがだいすき！ ありがとう
あなたがいる、ただ それがうれしいんだよ。

I love you so much. Thank you.
I am so glad that you are here with me.

今日も、明日も、わたしは歌うよ。
この歌を地球とも一緒に歌ってね
どんな時も、そばにいるよ...

Everyday I'll sing my song.
Please sing this song with the Earth.
And I'll be with you always.

あなたの心の中に、わたしはいるよ。

If you look in your heart,
you can find me there.

The end is the beginning.
おわり は はじまり

"ありがとう"から世界の人々がつながり、お互いをより理解しあい、より愛しあう祈りをこめて。
I hope and pray that the people of the world will get together and understand each other more with love by saying "thank you".

A	Aabhar	Gujarati/グジャラート語
	Ačiū	Lithuanian/リトアニア語
	Agradiseyki	Quechua/ケチュア語 ケチュア族
	aguyje	Guarani/グワラニ語
	Ahe'hee	Navajo/ナバホ語 ナバホ族
	aki-thorubi-arabii	Berber/ベルベル語
	Arigato	Japanese/日本語 ありがとう
	Asante	Kiswahili/スワヒリ語
	א דאנק	Yiddish/イディッシュ語
B	Баярлалаа	Mongolian/モンゴル語
	Ви благодариме	Macedonian/マケドニア語
	Благодаря	Bulgarian/ブルガリア語
	Ыракмат	Kirghiz/キルギス語
C	Cám ơn	Vietnamese/ベトナム語
	Chezu tin ba-de	Burmese/ビルマ語
	Спасибо	Russian/ロシア語
	Спасибі	Ukrainian/ウクライナ語
D	Dank u	Dutch/オランダ語
	Dankeschoen	German/ドイツ語
	Dankewol	Frisian/フリジア語
	dankie	Afrikaans/アフリカーンス語
	Dankon	Esperanto/エスペラント語
	Diolch	Welsh/ウェールズ語
	Dhanyabad	Urdu/ウルドゥ語
	dhanyabaad	Nepalese/ネパール語
	ধন্যবাদ	Bengali/ベンガル語
	धन्यवाद	Hindi/ヒンディ語
	dhanyavAdaH te	Sanskrit/サンスクリット語
	Děkuji	Czech/チェコ語
	Diusninchis kutichipusunki	Aymara/アイマラ語 アイマラ族
	Dzieki	Polish/ポーランド語
	Дзякуй	Belarusian/ベラルーシ語

E Eskerrik asko .... Basque/バスク語

F Faafetai .... Samoan/サモア語
Faleminderit .... Albanian/アルバニア語

G gadda ge .... Afar/アファール語
Gangans .... Khoekhoe/コエコエ語
Go raibh maith agat .... Gaelic/ゲール語
Gracias .... Spanish/スペイン語
Grácies .... Catalonian/カタロニア語
Grazas .... Galician/ガリシア語
Gratzias .... Sardo/サルド語
Grazie .... Italian/イタリア語
Grazzi .... Maltese/マルタ語

H Hatar nuwun .... Javanese/ジャワ語
Hvala .... Croatian：Slovene/クロアチア語 スロベニア語

I Irak .... Shipibo/シピボ語 シピボ族
Iyairaykere .... Ainu/アイヌ語 アイヌ民族 イヤイライケレ

K ขอขอบคุณ .... Thai/タイ語
Kia ora .... Maori/マオリ語 マオリ族
Kiitos .... Finnish/フィンランド語
고마워요 .... Korean/韓国語
Köszönöm .... Hungarian/ハンガリー語
Kwa kwai .... Hopi/ホピ語 ホピ族

L la tho-ci .... Tibetan/チベット語
Lorem .... Latin/ラテン語

M	გმადლობთ	Georgian/グルジア語
	Mahalo	Hawaiian/ハワイ語
	Malo aupito	Tongan/トンガ語
	Matiox	Kaqchikel/カクチクル語
	Merci	French:Luxembourgish/フランス語 ルクセンブルグ語
	مرسی	Persian/ペルシャ語
	Mèsi	Haitian/ハイチ語
	meur ras	Kernowek/コーンウォル語
	Misaotra betsaka	Malagasy/マダガスカル語
	Multumesc	Romanian/ルーマニア語
	Murakoze	Kinyarwanda/キニヤルワンダ語
	Mvto	Mvskoke:Creek/マスコギ語 クリーク語
N	Na gode	Hausa/ハウサ語
	natondi yo botondi	Lingála/リンガラ語
	Nde awu	Igbo/イボ語
	nouari	Soninke/ソニンケ語 ソニンケ族
O	Obrigado	Portuguese/ポルトガル語
	o:rkun	Khmer/クメール語
P	Paldies	Latvian/ラトビア語
	Рахмет	Kazakh/カザフ語
	Pasonki	Asyaninka/アシャニンカ語
Q	Qujannamik	Inuit/イヌイット語
R	rähmät	Uighur/ウィグル語
S	Salamat	Tagalog:Sugbuanon/タガログ語 セブアノ語
	Shukrani	Kiswahili/スワヒリ語
	Singila	Yângâ tî sängö/サンゴ語
	شكرا	Arabic/アラビア語
	stuutiyi	Sinhalese/シンハラ語
	Sulpayki	Quechua/ケチュア語 ケチュア族
	շնորհակալ եմ	Armenian/アルメニア語

T Tack .... Swedish/スウェーデン語
Tak .... Danish/デンマーク語
Takk .... Norwegian/ノルウェー語
Tanu .... Estonian/エストニア語
Tashakkor .... Dari/ダリー語
Terima kasih .... Indonesian/インドネシア語
təşəkkür .... Azerbaijani/アゼルバイジャン語
Teşekkürler .... Turkish/トルコ語
Thank you .... English/英語
tlazohcamati .... Nahuatl/ナワトル語
תודה .... Hebrew/ヘブライ語
Trugarez .... Breton/ブルトン語 ブルターニュ語
Thugs rje che .... Tibetan/チベット語

U U ra .... Shoshone：Comanche/ショショニ語 コマンチ族

V Vďaka .... Slovak/スロバキア語
Vinaka .... Fijian/フィジー語

X Χάρη .... Greek/ギリシャ語
Хвала .... Serbian/セルビア語
謝謝 .... Chinese/中国語

Z Zikomo .... Chicheŵa/チェワ語

あ
- **あいがと / Aigato** …… 宮崎/Miyazaki
- **あいがとしゃげもした / Aigatosyagemoshita** …… 鹿児島弁/Kagoshimaben
- **あいとうですぁ / Aitoudesua** …… 長野 信州弁, 静岡 遠州弁 Nagano Shinshuben, Shizuoka Enshuben
- **ありがっさまありょうた / Arigassamaaryouta** …… 奄美/Amami
- **ありがとうあります / Arigatouarimasu** …… 山口弁/Yamaguchiben
- **ありがとさん / Arigatosan** …… 名古屋弁/Nagoyaben
- **ありがとぐわした / Arigatoguwashita** …… 德島 阿波弁/Tokushima Awaben
- **ありがどこしてす / Arigatogoshitesu** …… 青森 津軽弁/Aomori Tsugaruben
- **ありがとや / Arigatoya** …… 長野 飯田弁/Nagano Iidaben
- **あんがとう / Angatou** …… 富山/Toyama
- **あんとー / Antoo** …… 德島 阿波弁/Tokushima Awaben
- **あんやと / Anyato** …… 石川 金沢弁/Ishikawa Kanazawaben
- **あんがとの / Angatono** …… 新潟/Niigata

い
- **いかったいね / Ikattaine** …… 新潟/Niigata

お
- **おおきに / Ookini** …… 大阪弁/Oosakaben
- **おおきん / Ookin** …… 長崎 壱岐弁/Nagasaki Ikiben
- **おおけに / Ookeni** …… 德島 阿波弁/Tokushima Awaben
- **おかたしけ / Okatashike** …… 長野 飯田弁/Nagano Iidaben
- **おぎぃ / Ogii** …… 秋田弁/Akitaben
- **おしょうしな / Oshoushina** …… 山形 米沢弁/Yamagata Yonezawaben
- **おしょーしー / Oshooshii** …… 長野 飯田弁/Nagano Iidaben

か
- **かんな / Kanna** …… 長野 飯田弁/Nagano Iidaben

し
- **しょうじょう / Shoujou** …… 熊本弁/Kumamotoben

す
- **すまんのう / Sumannou** …… 広島弁/Hiroshimaben

た
- **だいてやっちゃ / Daiteyaccha** …… 富山/Toyama
- **たんでぃがーたんでぃ / Tandigaatandi** …… 宮古島/Miyakojima
- **だんだん / Dandan** …… 愛媛, 福岡 伊予弁/Ehime, Fukuoka Iyoben

と	**どうも**/Doumo	宮城 仙台弁/Miyagi Sendaiben
	どうもね/Doumone	北海道弁/Hokkaidoben
に	**にふぇーでーびる**/Nifeedeebiru	琉球/Ryukyu
ふ	**ぶじょほーだんし**/ Bujohoodanshi	秋田弁/Akitaben
も	**もっけだ**/Mokkeda	山形 庄内弁/Yamagata Shonaiben
わ	**わりぃねぇー**/Wariinee	埼玉/Saitama

106言語 33方言 アルファベット あいうえお順
106 LANGUAGES 33 DIARECTS

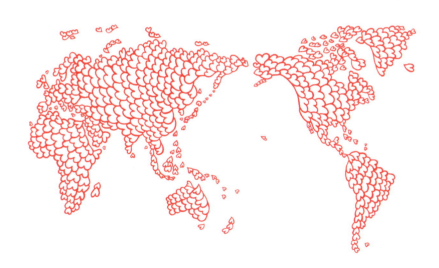

OHISAMA BOOK
おひさまから届いた歌
This is Ohisama's song

2018年11月1日　第2刷発行

作	マナ テライシ
英文校閲	田崎 清忠
	寺石 容一
	Kisa Schell
編集協力	梅
	いしい あや (ニジノ絵本屋)
印刷・製本	丸山印刷株式会社
発行元	NONKIBOOKS
	info@nonkibooks.com
	www.nonkibooks.com
発売元	ニジノ絵本屋
	東京都目黒区平町1-23-20
	電話 03-6421-3105
	info@nijinoehonya.com

ISBN 978-4-908683-05-3
© NONKI BOOKS
Printed in Japan

Special thanks	Cristina Virgiri
	浜辺貴絵 バヌーケパファミリー
	野井かおり (ニジノ絵本屋)
	マイトリー (持田陽平・森田さやか)
	堀田菜々江 (絵本カフェおひさまの国)

落丁・乱丁はお取替えいたします
Defective books are to be replaced.

ジャングルの森に暮らしていたある日に
森のお爺さんが、こんな話をしてくれた。
「例えばここにあるペン。このペンは、
いったいどこから来たって、君は思う?
どんな物質も、この星の自然の恵みだ。
そしてその恵みは本当は無償なのだよ。
人が値段をつけていたとしても、ね。
どうか大切に使ってください。
すべては君に、巡るのだから。」

著者　マナ テライシ / Mana Teraishi
1982年 東京都生まれ
2005年 創作活動のためペルーへ
2011年 NONKI BOOKSを設立、同書を出版

OHISAMA BOOKには
日本の竹を100%使用した紙「竹紙100」と
ベジタブルインクを使用し印刷しています。
収益の一部は環境保護団体に寄付いたします。

This book is made of 100%
Japanese bamboo paper and the vegetable ink.
Part of all the proceeds will be donated to
environmental protection organizations.

竹林管理で伐出された日本の竹100%が原料の
竹紙100 (中越パルプ工業株式会社) を活用する事は
地域の竹林管理、隣接する森や里山の保全再生、
生物多様性の保全にもつながっていきます。

中越パルプ工業株式会社
http://www.chuetsu-pulp.co.jp/